Another Good Day!

矢部雅之

現代歌人シリーズ
39
書肆侃侃房

もくじ

カバー写真　矢部雅之

Another Good Day!

ぴろぴろ

二〇〇八年八月、ニューヨークのマンハッタンでカメラマンとして働き始めた。

クライスラービルの片面《も》にさす夕陽夏を経て今かげの静けく
摩天楼に驟雨なだれ来《く》いしかべの黒むを見れば心やすきかも

郊外のこぢんまりとした街に居を構えた。一九二〇年代築の集合住宅。中庭《サークル》には
いつも子供たちが遊んでいる。

転ぶにも上手下手ある幼らがあきかぜのなか飽かず走れる

転ぶのもしだいにうまくなるものか上手に転び子が立ち上がる

転びかたの上手か下手かしらねども転ぶこと多きわが生と思ふ

子供たちに「この辺りで一番好きな公園はどこ?」と尋ねると、「ここ!」と即答してくれた。

縦笛を鼻で吹く子のぴろろぴろひろいこころにそだてよぴろろ

二歳児が徹頭徹尾日本語で意志おしとほすさまの愉快さ

とは言え、実際には出張続きで、家にはほとんど帰れない。仕事は日本に居た頃よりはるかにきつく、また、楽しい。

淋しければ淋しきほどに愉しくてこれこそが我が求めゐし日々

ジャマイカのファルマウスという町に取材に行った。ウサイン・ボルト氏の故郷である。

「天然の旅情」を言ひし檀一雄とどこかで出逢へさうなる旅路

土くれを押しのけて地に立つ芽かな傍若無人にみどりかがやく

にはか雨に葉むらさやげどまだ濡れぬ土くれを攀《よ》づる蟻の足先

すな浜に立つ木あり波来ればなみ風ふけばかぜに揺らるる孤高
コロラド州デンバー。米民主党大会取材。オバマ候補演説等。
ねつとりと路のおもてにこびりつくかぎろひの如き望郷はあり
ねばりこき陽炎ゆれてしばらくをひとりを思ふひとりとなりぬ

ミネソタ州セントポール。米共和党大会取材。反戦デモと警官隊の衝突も撮影。

かく死んでゆく生もあり　わが背にて催涙弾は炸裂したり

警官隊側ではよい画は撮れざればデモ隊の中で催涙ガス浴む

暴力への沸点ひくき国家なるをガス弾のおもきしびれもて知る

久し振りの家路。
槇むらのかげもしめらに濡れひかる月夜のみちを靴底に踏む
さらさらとあぶらしたたるごとく降るこの街の月かげに塗れむ
家に近づくと息子がたどたどしく走って出迎えてくれた。
ちぎれ雲風にのりたり指さして初めて「つき」といふ者のうへ

日差しの匂ひ

アメリカ同時多発テロ事件の時にパキスタン・アフガニスタン取材でチームを組んだタイ人からメールが届いた。
“CONGRATULATIONS!!!! Wow!!! New York!!!

ビルの間に浮く雲ひとつ　ビルの面に映るもひとつ　紐育《ニューヨーク》、秋

からからと私はかれ葉風ふけばかぜにころげてみちの面《も》を掻く
Yes, time is really flying.
ふりつもるほどにはあらぬ言の葉の落ち葉かさねて会はぬ歳月
あはざれば瑕《きず》つかぬままかがやきて追憶の木漏れ日はゆれつぐ

Just like you said…7 years already.

三千人の死を機に逢へば淡く笑みを交すさへ罪のごとく覚えき

それぞれに死を覚悟せる日々なれば朗らかに吾ら接しあひけり

Actually, I just looked at our photos recently…
it brought back my good memory.

酔ひながら拙き英語でからめあひし拙き理想をいまもわすれず

懐旧と呼ぶにはあまき香《か》燗酒の面《も》に立てばたださめゆくを待つ

We really had good time there.

ひざしへと枝を伸ばせるしひの木の一途まぶしく我が仰ぐのみ

呼びたくて呼ばぬままなる人の名がはつかに纏ふ日差しの匂ひ

Hope you enjoy your time in New York.
過去はただ過去に留めよくびすぢにミッドタウンの秋冷は沁む
この都市に辿り着きけり　彼方にて我が人生を変へける都市に
Take care and keep in touch.”
チャイナタウンの巷に迷ふ　あの日より七年吾は死に近づいて

小さき炎ら

マンハッタンの五番街を二歳の長男と歩き、聖パトリック教会を見学。

カテドラルの暗き尖塔にくぎられて冬夕空に闇まさりゆく

せんたふもいしかべも鋭《と》き影まとふ　かく鋭き信を保ちし人ら
堂ぬちの闇冴え冴えとしづかなり吾を収めてなほしづかなり
奉納者の名に顔寄せて吾子とみる薄闇に燭の蠟はにほへり

燭台にいくつもの燭ほのほのと聖母の頰のまろみ明らむ
おのが心おのが歩みにおくれつつ聖堂のさむきくらがりをゆく
石壁のにほひのあはさ　人も歌もこしらへかざるやうなるは悪し

吾ら来て吾らの去りてそののちもここに灯らむ小《ち》さき炎ら

ハドソン川

マンハッタンからハドソン川を上流に向かうと左手に「パリセイド」という名の見事な絶壁がある。「断崖」を表す単語「palisade」の語源になった場所。

パリセイド　そのあしもとをひたぬらし川たひらかに冬日ににほふ

見のかぎり河心の色のうごかねど大いにゆらぐきしべのこほり

子がはしりわたしがおひてのち森はうごくもののなき森に戻りぬ

川の面《も》のあをみふかまりそののちを空おほどかにくらみゆくかも

川かぜはわたしをぬいて子をぬいて森に入る時そのこゑを増す
子の息にわが耳元をしめらせて川みれば川のさやけく暗む
ゆふやみにどつとひえたる川の岸氷ひた寄りひたに鳴りつぐ

道は川　車はカヌー　ゆるゆるとチャイルドシートに子の眠りゐて

豊旗雲

縁あって父娘となった長女は十二歳。受験に合格して入学した私立中学をやめてまでアメリカに一緒に来てくれた。しかし、やっと自分の居場所をみつけたのに、中学校をやめるのはつらくなかったわけではないらしく、秋の文化祭まで登校し十一月に渡米した。

日焼けせる脚こもれびにのびやかにゆだね木陰に憩ふをみなご

思春期の娘《こ》とゆくなへに木木の幹おのづからなるひかりを反《かへ》す
折れ伏せる巨木《おほき》をしばし眺めけりかたはらに息あらく子は立ち
木の間よりのぞけば海は真日のした風やはらかく潮をうねらす

岬より見おろす海はアメリカの海さはあれど「わたつみ」と言はむ
あをふかみよどめるなつの内海の上《かみ》つ辺　音なくうしほは寄り来
とほおきを見据うるかもめ艶やかに日をかへすなり眼するどく

自らをめがけ寄りくる巨き雲に日はのまれむとしつついや照る
今し日を雲はのみつつそのふちのかがやきて海は空はしづけし
唇に「とよはたぐも」と音を乗すあはれ豊かなる詩史ゆ隔たり

雲の裏に雲がくり日は動きをり背後より「パパ」と我を呼ぶ声
父として生きて死ぬべし砂塗れのボードウォーク真直ぐに海へ

忍者マーチ

日本の文化と我が子との関係を自分の一身上の都合で断ち切らせたくない、…そんな気持ちから、幼少の頃の自分が好んで見ていた「仮面の忍者　赤影」のDVDをアメリカに持ってきた。幼子には、特撮の手作り感のほうがCGのバーチャル・リアリティよりも訴えるのか、三歳の長男も一歳の次男も、そして日本語がわからぬ現地の子どもたちも大のお気に入り。近所ではちょっとした局地的忍者ブームが起きている。

岩の間を光たゆたふその底の湿り土の上《へ》ゆらぐ木漏れ日

忍者マーチ歌ひ大岩を駆け上る子につられ行くCharlie, Nicky

青空を鳴り渡るかも子のこゑも子を追ひ駈けてゆく子のこゑも

一歳児も岩をのぼるよ　ひとあしで我が越えたるを手で足で腹で

赤影を真似てをるらしゆつくりと西日のなかにうでを組むさま

死して後アメリカで子らにはやるとは坂口祐三郎思はざりけむ

をとことは腕組むものか巌の上に立ちその父を見据えてをるも

腕組のままひよこひよこと駆けだせば一歳児はや与太郎めきて

されども神は

二〇〇四年、前妻と別れた。美しい人だったがそう言われることを嫌った。勉強熱心な歌人だった。ともに暮らした五年間はまるで充実した短歌合宿だった。

もみぢ色に人の貼りにし附箋の葉しげる『アニマ』を独り攀《よ》ぢをり

とびいしのごとくのこれる丸たどり歌集の言葉の早瀬を渡る
あのころの君の思ひし歌のこと歌でなきこと　メモの字さやぐ
妻らしくなき妻としてわが部屋に生えむらさきの花を咲かせき

夫らしくなき夫として散らせけることの葉つもる記憶野を行く
ひともわれも黄葉か流れの上に落ちしばしを絡みやがて隔たる
人はなぜ人と生きねばさびしげにぶだうの房ゆ捥ぐるひとつぶ

汝が怒りに解体されし『呑牛』のむくろねむらせくらきわが書庫

冬のよはわがくるしめし人を思ひおもふほかなき冬のよはなり

人の生を踏みにじりけるとりかへしつかなさに我は甚《いた》く戦く

業ふかきこころにあれば絶望のふちをたどるがごときまどろみ
人にはできぬされども神は　しみとほる二重窓越しの異国の寒気

ハナミヅキ

隣家の小さな前庭に、花水木によく似た木が生えていた。名を尋ねると「Japanese Dogwood」というのだという。

Japanese Dogwood なる名を知れば葉の落ちざまのさびしげに見ゆ

American Robin とまりて Japanese Dogwood の実もまた葉もゆらぐ
能天気にきいろい腹と嘴ゆ能天気なるこゑを吐きだす
ツグミまで腹の出てゐる国にありむしろ痩せ気味の日本人われ

紅く円く日の丸の如き実が落ちてアメリカの地を転げてゆくも
ずんずんとオーク団栗降りきたりずんずんずんと夕冷えきざす
日本酒は恋しされどもにつぽんは　遠入日おち裾さむく居る

ちぎれ雲ちぎれつくしてからつぽの空にすつからかんと宵やみ

みどりのそら

出張帰りの機中にて

「みどりのそら」のみどりをおもふ　機窓より眺むる空の色は移ろひ

砂洲を飲むうしほの波のかげゆらぎ色を変へたり　空とのぐもる

下つ潮すなを巻き上ぐしかすがに上つ潮澄みまた流れ入る

真玉付《またまつ》く彼方《をち》の白雲見つつあれば眼下みるみる雲の海となる

ほたるび

集合住宅の中庭《サークル》には、夏の夜になると沢山の蛍が飛んだ。日本の蛍よりもだいぶ大きい。

琴後集《ことじりしふ》巻二夏歌そのページの背後をしきりうごくほたるび

ほたるびの軌道のゆらぎくつろかにたつ夕風はわが頬もなづ
森生きてしづまりあへぬさやぎ葉のさやらさやらら風に流らふ
さくくしろいすず117クーペ異国にてみればなみだぐましも

どしてなの

出張に出ていない晩は必ず子供に寝物語を聞かせる。今夜はイソップ物語の「ひきょうなこうもり」

なぜ吾は子守ばなしにえらぶのか奴隷伊曾保の「卑怯な蝙蝠」

寓話中の事とはいへど子に聞かすけものの敵意をとりの憎悪を
裏切りを未だ知らねば三歳は「どしてなの？」と幾たびも訊く
米語できずいつしよに遊んで貰へないおまへも暗い洞窟の中

獣とも鳥ともなかよくなりたくてなれぬおまへは蝙蝠ぢやない
卑怯とは裏切りとはとをしへつつをしへつついつか弁解めきぬ
汗ばみて裏切りを子に説きをれば子の声はいつか寝息に変はる

裏切りはいつかおまへの世界にも子のうぶ毛撫づる風さむく秋

吹かれてぞゆく

ニューヨーク住まいといっても、月のおよそ半分は出張取材に出ている。アメリカ国内外の初めて行く土地ばかりで、本当は不安なことだらけ。

夕暮れはそれしもかなし壁を隔てなほなまなまと打弦のひびき

隣人のモーツアルトのトリルの音《ね》たどたどし　今日冬時間入り

こんなふうに旅から旅も良いかもな　あなすさまじき冬の夕焼け

友もなき四十路あまりのこの国のいな人生のふゆの夜のかぜ

生まれしもよしや一人ぞ　独りみる外国《とつくに》の闇に雪の降りくる
うかびくる憂きを水面《みなも》に預くれば池みづ朝《あした》までにこほりぬ
こんなにもおくびやうなのにこの俺は発つしら鷺の羽こぼす朝

こんなにも寂しがりなのにこの俺も粉雪《こゆき》も鳥も吹かれてぞゆく

立ちけるにほひ

２０１０年１月12日にハイチ共和国で起こったマグニチュード７・０の地震の取材に行った。

鶏のこゑしちめんてうの音《ね》もかすむ光のはるにこもらへるかも

隣のドミニカ共和国から陸路で国境を越え、首都ポルトープランスに入る。ハリケーンの風雨に耐える必要から、木造の家はほとんどない。コンクリート造りの建物ばかりだ。だが、この百年以上大きな地震がなかったハイチの建物は、ハリケーンには耐えられても、地震に耐えられるようには設計されていなかった。大人の両腕でも抱えきれぬ太さの折れた柱の断面に細い鉄筋が四本入っているだけだったりする。

道の上《へ》のかすみふきとく海かぜにゆきかかふ人らあらはれにけり

自動車で一時間走っても二時間走っても、道の両側にまともな建物は殆ど無い。コンクリートの細かく砕けた塵が街路を白く覆い、風が吹くと舞い上がる。マスクをしないと息が苦しい。

おしなべてかすみにけりな海山もみな　否　これは霞にあらず

木や瓦で出来た建物の瓦礫なら人の手で動かすことが出来る。しかし、コンクリートの建物が崩れると、重すぎて、人の手ではどかすことが出来ない。

住みすててのこる廃墟もかたぶきぬ犬さわがしきあさの余震に

生存者を救出したいと思っても簡単には助けられない。石の下の犠牲者の遺体も取り出すことが出来ない。やがて、つぶされて亡くなった人、あるいは取り残されたまま亡くなった人の体は、崩れたコンクリートの下で腐り始める。つぼ漬けのような独特の甘い異様な臭気が街に充ちている。遺体が朽ちてゆくにおいだ。

いにしへの詠み人の辺《へ》にありにけむ　水漬く屍に立ちけるにほひ

六十歳のある女性は、地震で潰れた自宅脇に張った天幕の下で、一月とは思えぬ強い日差しを避けながら、一日中ぼんやりと座っている。地震発生時、家には、彼女の三人の娘と、まだ一歳半の孫がいた。

まきびともなく真日の下じりじりと野がひの牛の歩みくるかも

「娘たちは私のすべてだった。孫は私のすべてだった。みんなもう帰ってこない。瓦礫の下からはすでにいやなにおいがし始めた。でも、何もしてあげることが出来ない」

うらうらとあかねさす山夕ぐれの日ざしは何処の地にても長閑《のどか》

愛する家族たちが腐っていくにおいを嗅ぎながら、他にいく場所がなく、崩れた自宅の脇で寝起きする生活。ハイチには、同様の境遇の人が溢れていた。

香ばかりの春のよの闇　かぜや知るいづくのいしのしたの屍《かばね》と
停電中の街が、日暮れとともに暗くなる。かすかに明かりの漏れている場所からは、発動発電機のエンジン音が響く。家を失った人たちが、道路を瓦礫で塞ぎ、路上で眠っている。
街並はみるみる闇のうちにきえ見ぬ世ぞちかき煮たきのにほひ

夜は、市街地を見下ろす丘の上の、崩れかけたホテルの敷地で野宿をした。街の明かりが無くなるため、被災地の夜は星が美しい。

ほしのまにまた小《ち》さき星うかびきぬ風ふけばその影かぜにゆれ

寝袋の中で思う。今回の地震の犠牲者は三十万人以上と言われる。そして、それに匹敵する数の残された家族たちがいる。この人たちは、家族の遺体が腐る匂いに充ちた、この暗闇の街に今も暮らしている。私には、帰ってゆける場所がある。だが彼らはここで生きるしかない。

草枕かりねにしげきとほ吠えにゆめむすぶらむこのくにのひと

私と彼らの隔たりは、本当はきっと、ほんのわずかでしかない。ハイチの人たちは、自分の住む土地が地震に襲われるなどとは思っていなかった。震災前には平穏な暮らしの中で、遠い土地での災害や戦争のニュースを見て、心底同情したり、あるいは他人事のようにスポーツ中継にチャンネルを変えたりしていたかもしれない。今の私の日常のように。そして彼らが経験したような生活の激変を、私も、明日体験してもおかしくはないのだ。

雲うすくなり来《く》と見つつ微睡めば夢ぢを照らすかみつゆみはり

ひがしの街へ

ボストンへ出張。窮屈な長距離バスで向かう。

雨はいまあがりぬと見るかなたにて摩天楼になほのぼるしら雲

ふきよはる風をのこして雨はやみ雲と地のまにたゆたふゆふひ

ささがにの露はおのおの夕かげを宿してしばしまろまろとあり

ばら色とは誰《た》ぞいひそめける喩へなる　ばら色の雲ばら色の街

にほんごを誰ともはなさず終りゆく一日が西の空にあからむ
ささがにの糸に玉ぬくたそがれの日本語をわが脱ぐもかなはず
母国語をはなれてぼうとうすぐらきひがしの街へ行くバスの中

さびしさは夕日にむかふ虹のいろひとときを冴え都市は闇へと
孤独にも金また銀の孤独あり　錆びたる鉄の孤独を吾に

詠みつぎにける

夢の世の夢の小風にふかれきて気づけば異国のはなのしたかげ
さびしさは花　と詠みける為兼をおもふ異国のはなのしたかげ

花ばなの地におくかげと花ばなとつつしみ保つへだたりぞよき
風にふるへなほも光をたもちけるひとひらを追ひふりつづく花
若き日に若きかなしみ我がいだきはなの名をおふ人に触れにき

母国をばさすらひ出でて花の面をうつろふ月のかげに会ふかも
母国などなどか恋ほしき　されどはなを詠みつぎにける人らの心
闇のそこ花となりゆくあけぼののかすみよ淡くひかりの匂ひ

光りつつかげろひにつつ外つ国の花外つ国の風をまとふも

消え去らむのみ

メトロポリタン美術館で開かれた大規模なピカソ展を見に行った。

ピカソ展のをぐらき部屋に靡きやまず若きピカソの青きタッチは

十九歳の自画像のみぎはんぶんは紺の闇およそ青春は闇
二十世紀初年の母子のかたはらにいづみは今もさえざえと湧く
母親に唇よせられてのつぺらぽうのしろき男児のこはばれる様

ハーレクインの蟀谷《こめかみ》をかくしける指もそを描きける指も朽ちけり
盲目のをとこの指が握りけるパンのごとわれも消え去らむのみ

July 4th

独立記念日の七月四日の夜には、独立を祝ってあちこちで盛大な花火が打ち上げられる。

七月四日あさかぜに星条旗揺る　かかる翻意に婚を棄てにき

アメリカの花火は陰翳が無いと思ふ空襲のごとバカバカ爆ぜて
業苦と言ふほどにあらねど華氏百度の紐育をくつ底に踏むかも
うまくいかぬあれこれをうまくいかせむと行くあてもなく異土を踏みをり

おろおろと驟雨を避けて苦をさけてどこにも辿りつけぬ一生か
Windows のレジストリのごと膨らめる背嚢を負ひ真夏日を行く
くらぐらと「父」と彫りたるにのうでが流木のごと雑踏に消ゆ

Google日本のロゴが背負へる笹の葉にしばし手を止め我が星祭
日本語力高き米人スタッフのメモに「普天間墓地」の誤字あり

うんうんと

マンハッタンで高級寿司店を営むヒデさんが我が家にやって来て、仲間内を集めて寿司を握ってくれた。

塩辛をなめぬる燗の酒をなめ贅とはかかる単純にあり

日本にて死にたる者よその肉は空を渡りて我が腸へ

成功するまであきらめぬ人が成功するとヒデさんはいふ成功者として

こだはりはこはばり　人を動けなくするただアホになれただアホに

うんうんと話を聞いてみな忘るそれもいいだろううんうんと聞く

猫妻

長女の家庭教師をしてくれたリサは熱心な動物愛護活動家でもあった。私達の住む集合住宅にネズミが出るようになったと知ると早速、保護猫の母子三匹と飼育用具一式を持って来てくれ、猫との初めての同居生活が始まった。

くらかりしわが地下書庫も香をかへぬ猫の親子の住みつきて後

窓際にト音記号の尾は揺れて隣人のブルグミュラー鳴り始む

「猫妻」と妻は呼びをり我のみに何故かまとはる小柄な雌を

「昔別れた女が化けた」とわが言へば猫見る妻の目も猫めきぬ

鼻低く丸つこいその顔型も何やら日本の女《ひと》を思わす
アメリカでは希少なる三毛であることもますます日本の女を思はす
寝室のドアを圧し開け入り来る猫よさすがに吾もこはいぞ

猫の尾に叩かれて鳴るわが腹の音小気味よく吾なさけなし
雌猫と旅をするかも西端ゆ東端へ床の冬日を追ひて

女主人

リサが元野良猫の母猫を「Naya」と読んでいたので私達もそのままその名で呼ぶことにした。私が本を読んでいると机の上に登ってきてかまって欲しそうにする。「本なんてどうでも良いから私を撫でなさいよ」と言わんばかりだ。無視して読んでいると、しまいには本の上に寝そべってくる。世の猫はよくこれをするらしいが、実際に自分がやられると何とも言えない気持ちになる。邪魔なような、嬉しいような。

膝の上に必然のやうに乗る猫の艶然として撫でらるる顔

カウチにて雌猫の背を撫でをれば鏡の中の妻と目が合ふ

「ナヤちゃんはほんとに美人だねえ」といふ息子よママの表情《かほ》を見なさい

「ナヤとママどつちも美人だねえ」といふ息子よつけたさなくてよろしい

電子ピアノでピアニシモを弾く指先のやうに足裏《あうら》を木の床に置く

終電で家に帰れば猫のみが女主人のやうに出迎ふ

白い家

最寄駅の駅前の、珈琲店とスポーツバーの間に「Fred H. McGrath & Son Funeral Home」という小さな葬祭場がある。そこから時々、遺体処理の匂いが漂った。

えきまへの funeral home《はうむりのいへ》 ゆしかばねのにほひがさくら並木へわたる

子も父もそのまた父もおくり人　小鳥鳴く白くしづかなる家
はなさそふはるのひとひをしかばねに化粧《けはひ》ほどこしすごす男よ
いつかしぬ己が名と己が子らの名を葬儀屋につけしをとこの心

生物災害《バイオハザード》警告表示付きポンプおもむるに死者の血をぞ抜くらむ
かかる濃き香をたてながら私の身のやかれゆく日のそらのいろ
寛《くつろ》かに死者のにほひは消えゆきぬ枝にふくらむつぼみの隙《ひま》を

子をいだき異国の桜を見しはるを矢部雅之翁ひとりおもひけり

またあひませう

東日本大震災があった。亡くなった方、被災した方のことを遠くアメリカから祈ることしかできない。考えるほど歌は内向してしまい、結局、直接的に震災を捉えきれず、元野良猫の飼猫の視点に仮託して、身内や自分の生死を間接的に詠む形になってしまった。

海彼《かいひ》なるあまたの死告ぐる男声に背を丸めその耳のみ動く

吾も汝も死にゆくものと汝を見ればあな多弁なる眸《め》もて見返す

*

日のにほひなほもまとへる春宵の一本の樟に吾はなりたし

空に日のあらば日を浴み日の没らばその香を帯びて闇に目を閉づ
縁ありてこの地に住まひ住みなれてやがて地を去るまでの鳥の音
鳥が鳥の言葉もて愛語かはすとき風生《あ》れ風とともに去るもの

こぼしたきことあまたあるこの春のこぼさばこぼれおちさうに吾
見えぬものをなほ信ずべし　見えぬものもろともに雨は天ゆ降りつぐ
何処でなら生きてよいのか花びらはふるへ萼《うてな》の手を離したり

何処でなら死んでもよいか散る花のゆきかひながらおののに地へ
母猫《はは》よあなたはどこで逝きける桜散るなかはなみづき未だ芽吹かず
すきとほる風すきとほりきるまでを眺むれば吾もしばし透くるか

帰り来ぬ猫《もの》らを吾は思ふまじ思はば疼かむ身を横たへて
ひげ撫づる春の宵闇やはらかくその潤ひにくるまり寝《い》ねむ
我が眼《まみ》にのぞきいらむとする人間《ひと》よ百年後にまたあひませう

＊

まなぶたを閉ぢまた開くるまでの間に百年は経ちさうな雌猫
野に生まれ野に生きにける者なれば桜散る此の家こそ異郷

忘れえぬ記憶をはらふやうに尾は窓台の上ときをりうごく

反抗期の少年のごとき温もりをジャケットに置き猫が立ち去る

散る花の書くひらがなを眺めたるのち歩を運ぶねこのひらがな

いつか死ぬ人

チリ共和国アタカマ州コピアポ近郊の鉱山で、坑道の崩落により33名の男性鉱山作業員が閉じ込められる事故が起こったが、事故から六十九日後に全員救出。その様子を取材に行った。

街並みはみるみる雲にきえはててあかるさのみの雲の中かも

ぽつかりとまあるい雲を見下ろせり地にて見上ぐる人もあるらむ
雲のむれに続々と雲連なれりいこひの汀《みぎは》にむかふがごとく
地といふは色に満ちたる所かなそのおほよそはくすみたる色

地の奥に七十日をとざされてすくひだされていつか死ぬひと
真とは限らぬものをまこととし生くるごとしもゆふぐも明し
ほんたうの我ならぬ我を我なると思ひきぬ生もなかば過ぎまで

夕雲の色に見惚け日の没りののちもみほうけいつか死ぬ吾

流木

私は、母が三十三歳の時、二回の流産の後にやっと得た子だった。

母はと言うと、京橋の事業家の娘で、幼少期はとても大切に育てられたらしい。

そのためか、いくぶん浮世離れしたところのある人だった。勉強熱心で看護師・助産師の資格をとり、ある会社の診療所で働いていたときに父としりあって結婚した。

元気だと思っていた母が悪性リンパ腫に罹患したと告げられたのは、アメリカに来てからだった。母の具合は徐々に悪くなり、その看病は妹と父にまかせきりになってしまった。

東日本大震災のあった年の十二月、母危篤の知らせを受け、日本に一時帰国した。


かりそめ旅とひとら見るらむ　うらうらの日差しの中を旅鞄引く

搭乗手続《チェックイン》き終へ額ぬぐふ　ああ我は子なりし頃も汗つかきなりき

誰も見ぬシートベルト長調節の実演のごとき我が日々と思ふ

一目見んと思《も》ふは思《も》へども座すほかなし半日白昼のつづく機中に

アメリカに来てよりの我が詠みし歌そのおほよそは機上での歌
機上のみが一人になれる時間なり　cell phone も mail も地の上のこと
自然放射線を浴みつつ雲上の孤独でおのが心を満たす

機上なる金の孤独に浸からむと思ひつついつか眠りてゐたり

着陸の衝撃に目を覚ましけり　かかる無為もて生も終はらむ

点したる iPhone に寄する文字の波　存在とはつまり通信である

機上でも地上でも人は孤独なり　回廊を満たす金の夕照
いつ死ぬかわからぬ母に逢ひにきぬ三泊五日の期限を切つて
モルヒネの眠りの浅瀬にたらちね根の母流木となりて横たふ

常住の境かと見る　半眼で口は埴輪のごとく開き居り
音もなく滴る光ゆれながら落ちゆく母の腕《かひな》の中に
出国前病院に寄る　今生の別れとならむ別れを告げに

唐突に意識めざめて弱々といがぐり頭を引き寄せたまふ

「仕事もあるし帰るね」と言ひ気づきたり　吾は日本が得意ではない

母の許のとどきたる夜「さむいの」とあかときの床《とこ》に息子は入り来

よろこび

隣町との間には、川沿いの森の中に遊歩道が整備されていた。白鳥を始め様々な水鳥がいたので、我が家では「鳥公園」と呼んでいた。自転車の練習、ジョギング、そり遊び。何かあるたびにしばしば訪れていた。
ニューヨークは思っていたよりずっと雪深い土地だった。その雪が溶けて足元が少し乾いてきた頃、公園は芽吹きの時期を迎える。

新緑とはたぞいひにける言葉かな新緑のつや旧緑のかげ

なにものもこばむなくある木の下の黒土をあしうらがよろこぶ

誰も手をくはへずにただある森をただゆくものとして吾はある

草はゆれ草に照る日の光ゆれ葉裏の陰にとどく明るさ

誰も助けてくれぬと思ひ生きてきぬ森のすべてに触れてゆく風
たより得る人も無き地でありし地の風によろこぶ我をよろこぶ
数日前の雨に濁れる川水を堪能するか鴨の親子よ

今たしかに我が手を引けるものの在り　引かれいづこの地へも進まむ

Another Good Day!

好天の日のニューヨークの紫外線はとても強い。沢山の人が日常的にサングラスをかけている。誰が撮っても風景写真は美しく撮れる。

若き日のおごりのごとき散水機の放恣にばらまきつづくるひかり

水のつぶ輝きのつぶ影のつぶ歓声をあげ芝に落ちつぐ

天を指すひとつひとつの葉の先の光を律儀に揺らす朝かぜ

五分早く家を出でたる夏の朝の光とかげを胸に吸ひこむ

しなくてはならぬ、すべし、と思はなくなりたる耳を夏陽にゆだぬ

晴れの日も雨の日も「今日も良い日だね《Another good day!》」と言ふ人ありてけふは晴れの日

健忘は欠陥ならず健やかに忘れてゐるまふこの人の才

なにごとも差別のせゐにする人とせぬ人ありてけふも晴れの日

雲のかげ雲に映れる西空にまた奔放に立つ夏の雲

抗へぬ恋情のごと西空にみるみる膨らむ雲を見てゐる

理想に向け全てを整へゆくことを理想と思ひき蟬の鳴くかな
神に向け全てを整へゆくことを信と思ひきあはれ蟬は鳴く
理想に向け整へ得たることなどが吾にはありや蟬が鳴きやむ

理想に向け整へぬ者を蔑みて吾は生ききぬ　遠蟬の声

蔑みの刃は己にいづれ向く蟬の薄羽の堅き輝き

生き当たりばつたりこそが貴けれ放恣に蟬の羽動きそむ

片恋が信仰ならば汝が声の記憶に震ふるこの身は祈り
茫漠と流れ去る身と知る故に麦藁の如き慕情に縋る
我がここを去る日もあらむ洗ひたるパレットの面《も》に日差しの白し

その後もここに人らの生活はきらきらとかげ撒く散水器
詩と何のかかはりもない生活のすがしき秋の日向を歩む

我が意に背く

ＭＬＢシアトル・マリナーズのイチロー選手が、シーズン途中で突如ニューヨーク・ヤンキーズに移籍してくることになり、早速取材に出た。

コントのごときニューヨーカーあり「ヤンキーズに今度は誰が…？　イイイチローッ!?!?」

されど四球いとど減りたるイチローの目の問題は疑ひもなし
選手生命晩年を走るイチローをカメラ生命晩年の目は追ふ
もう俺も長くないなと思ひけり　一瞬かすむ目をこすりつつ

対象の背後に外光あるときに目は生き生きと我が意に背く
経験や知識は守備の如きもの　終はる他なし打てない野手は
イチローコール目の面に響くカメラマン生活二十五年目の夏

すべきことなど

もう夏も間近の空に光満ち足らぬものなど人にはあらず
己がうちにをるものを我が見つむべし鳥影我をとほりすぎたり

すでにみな私の中にあることのゆうらりと夕風はゆくなり
おほぞらが私の内にひろがりてそをゆつたりと渡るしらくも
すべきことなど何もなき西空に悠々と日はあるを愉む

私とは何かこそまづ問ふべけれ彼方のビルに入日映ゆるも
恥や悔いおのれとともに既に死し東の空は暗みはじめぬ
変はるべしなどと思はぬ夕暮れに闇の満ちゆくことの安らぎ

猫の寝言

我が腹の触り心地を好みける女人らありき　雌猫汝もか
安楽なる姿勢を求め我が腹の乗り心地よきところを探る

猫は舟　我が息のたびその舳先荒波をゆくごとく上下す

腹の上で猫が眠つてしまひけり　まいいか　このまま眠らむ吾も

猫のいふ寝言ききつつ吾もまた夢の中にてそに返事をす

目覚むれば腹の上にて我が猫も目覚めて我をのぞきこみをり
窓外の残照ほのと嗅ぎながら雌猫も吾も動かずにある
猫の耳うごきたるのち夕風は葉むらをたどりつつ我が窓へ

兄弟

雪の間に弥生のみどり地を這へるさまは見えつつ今朝また寒し
兄ばかり勝つ駆けっこに笑ひあふ声中庭の冷気に響《とよ》む

弟の負けばつかりと思ふことなき子らの声　天まで届け
くわうたらう七歳春の息に満ちまあるくあかくはづむ風船
えいじらう五歳の指のおさふれど風船の口を漏れ出づる息

膨らめる風船膨らまぬ風船いづれの色も雪の上に映ゆ

風船は風の船なり風吹けば小《ち》さき手を発ち風中を行く

風船のあとを駆けだす兄弟よそのまま明るく笑つて行けよ

あとがき

これは私の第二歌集です。私事ですが、二〇〇八年の八月から二〇一四年の七月まで、アメリカのニューヨークを拠点にビデオカメラマンとして過ごしました。この歌集では、その期間の作品をほぼ編年体でまとめました。

それまでの、良くも悪くも短歌漬けだった日々を離れ、現代短歌の流れから遠く隔たって過ごした六年間でした（二〇一一年八月にニューヨークを襲ったハリケーン・アイリーンによる自宅の浸水被害により、日本から持っていった現代短歌関連の蔵書の大半を失ったことも、良くも悪くも、現代短歌から自分を切り離す大きな要因となりました）。

母語から切断されて過ごすことにより詩想が日々枯渇してゆくのをひしひしと感じました（海外に在住しながら日本語での作歌を続けてきた海外歌人の皆さんの意志と歌への思いの強さに敬意を覚えずにいられませんでした）。

現代短歌関係の資料の喪失によって現代短歌から離れざるを得なかった分、手元に残った中世・近世和歌、近代写生詠などの蔵書に以前より親しむようになっていました。そのことは、アメリカ生活の中での作歌に大きな影響を及ぼしたように思います。

二〇〇三年に第一歌集を出した頃、歌壇のあるパーティーで、某著名歌人のかたから
「これからは、最低二年に一度のペースで歌集を出すつもりでやれよ」

とのアドバイスをもらったことがありました。

短歌に関わり続ける覚悟を示して、歌壇という言葉の戦場の最前線に自分の居場所を確保してゆけ、という意味だったかと思います。その方を私は大変尊敬していましたので、結社も違う後輩歌人である私に現代歌人として生き残るための助言を惜しまず与えてくれたことを有り難く、また嬉しく感じました。しかし、その時の私の口から咄嗟に出たのは次のような返事でした。

「歌を始めてから二十年経ってようやく第一歌集を出しましたから、第二歌集も二十年後で良いかな、と思います」

何故あのような言葉が口をついたのか、今となってははっきりと思い出せません。

実際は、第一歌集刊行から二十一年が過ぎてしまいました。その間に、戦場に居場所を確保するどころか、歌壇的には最早忘れられた存在となってしまったかと思います。でも、特に悔いはありません。この二十一年の間に、歌集とは、百年二百年先の読者に向けた手紙だと思うようになったからです。現代の歌壇に向けてアピールするのが目的であれば、二三年に一度のペースが必要かもしれません。でも、百年二百年先の読者への手紙だとするのなら、十年二十年かけての自分の中での歌の淘汰もありのような気がするのです（…と自分に言い訳しています）。

などということを言うと、この歌集から零れることとなった、第一歌集刊行後からアメリカに発つまでの期間とアメリカから帰国してからの期間に詠んだ歌たちが恨めしそうに私を見ているような気もします。それらの扱いをどうしたものか。次の二十年の間にじっくりまた考えたいと思います（もっとも二十年後ではさすがに私が生きていないかもしれず、再考の必要があるかもしれません）。

アメリカで過ごした頃、私の所属結社の心の花では、毎月の歌稿は締切日までに郵送することになっていました。でも、佐佐木幸綱先生は私が日本を発つ際、「毎月の詠草は私宛にメールで送るように」と言ってくださいました。その言葉に甘えて先生宛に詠草を直接メールで送ることは、日本語を遠く離れて詩想の枯渇を感じずにいられなかった自分にとって、作歌継続の大きなモチベーションとなりました。時折、詠草の無事到着を告げる返信に一言二言の先生の寸評が添えられていることもありました。この場を借りて心からのお礼を申し上げます。

また、現代歌人シリーズの中の一冊としてこの歌集を出版することを勧めて下さった書肆侃侃房の田島安江さんは、悩んでばかりで作業の遅い私を十年近くも辛抱強くお待ちくださいました。この歌集が世に出ることができるのは田島さんのご忍耐とお励ましのおかげです。ありがとうございました。

この歌集の中の歌たちが、現代の、そして未来の、良い読者の皆さんと巡り会えますように。

二〇二四年十月
矢部雅之

■著者略歴

矢部雅之（やべ・まさゆき）

1966年3月、東京都新宿区生まれ。慶応義塾大学文学部卒業。

評論「死物におちいる病—明治期前半の歌人による現実志向の歌の試み」で第21回現代短歌評論賞受賞。

第一歌集『友達ニ出会フノハ良イ事』（ながらみ書房）で第48回現代歌人協会賞・第10回日本歌人クラブ新人賞を受賞。

神奈川県在住。竹柏会「心の花」会員。

現代歌人シリーズ39
Another Good Day!
二〇二四年十二月二十八日　第一刷発行
著　者　矢部雅之
発行者　池田雪
発行所　株式会社 書肆侃侃房（しょしかんかんぼう）
〒八一〇‐〇〇四一
福岡市中央区大名二‐八‐十八‐五〇一
TEL：〇九二‐七三五‐二八〇二
FAX：〇九二‐七三五‐二七九二
http://www.kankanbou.com　info@kankanbou.com
編　集　田島安江
装　幀　藤田瞳
DTP　黒木留実
印刷・製本　アロー印刷株式会社

ISBN978-4-86385-656-1　C0092

現代歌人シリーズ

四六判変形／並製

1.	海、悲歌、夏の雫など　千葉 聡	144ページ／本体1,900円+税
2.	耳ふたひら　松村由利子	160ページ／本体2,000円+税
3.	念力ろまん　笹 公人	176ページ／本体2,100円+税
4.	モーヴ色のあめふる　佐藤弓生	160ページ／本体2,000円+税
5.	ビットとデシベル　フラワーしげる	176ページ／本体2,100円+税
6.	暮れてゆくバッハ　岡井 隆	176ページ（カラー16ページ）／本体2,200円+税
7.	光のひび　駒田晶子	144ページ／本体1,900円+税
8.	昼の夢の終わり　江戸 雪	160ページ／本体2,000円+税
9.	忘却のための試論 Un essai pour l'oubli　吉田隼人	144ページ／本体1,900円+税
10.	かわいい海とかわいくない海 end.　瀬戸夏子	144ページ／本体1,900円+税
11.	雨《ふ》る　渡辺松男	176ページ／本体2,100円+税
12.	きみを嫌いな奴はクズだよ　木下龍也	144ページ／本体1,900円+税
13.	山椒魚が飛んだ日　光森裕樹	144ページ／本体1,900円+税
14.	世界の終わり／始まり　倉阪鬼一郎	144ページ／本体1,900円+税
15.	恋人不死身説　谷川電話	144ページ／本体1,900円+税
16.	白猫倶楽部　紀野 恵	144ページ／本体2,000円+税
17.	眠れる海　野口あや子	168ページ／本体2,200円+税
18.	去年マリエンバートで　林 和清	144ページ／本体1,900円+税
19.	ナイトフライト　伊波真人	144ページ／本体1,900円+税
20.	はーはー姫が彼女の王子たちに出逢うまで　雪舟えま	160ページ／本体2,000円+税
21.	Confusion　加藤治郎	144ページ／本体1,800円+税
22.	カミーユ　大森静佳	144ページ／本体2,000円+税
23.	としごのおやこ　今橋 愛	176ページ／本体2,100円+税
24.	遠くの敵や硝子を　服部真里子	176ページ／本体2,100円+税
25.	世界樹の素描　吉岡太朗	144ページ／本体1,900円+税
26.	石蓮花　吉川宏志	144ページ／本体2,000円+税
27.	たやすみなさい　岡野大嗣	144ページ／本体2,000円+税
28.	禽眼圖　楠誓英	160ページ／本体2,000円+税
29.	リリカル・アンドロイド　荻原裕幸	144ページ／本体2,000円+税
30.	自由　大口玲子	168ページ／本体2,400円+税
31.	ひかりの針がうたふ　黒瀬珂瀾	144ページ／本体2,000円+税
32.	バックヤード　魚村晋太郎	176ページ／本体2,200円+税
33.	青い舌　山崎聡子	160ページ／本体2,100円+税
34.	寂しさでしか殺せない最強のうさぎ　山田航	144ページ／本体2,000円+税
35.	memorabilia/drift　中島裕介	160ページ／本体2,100円+税
36.	ハビタブルゾーン　大塚寅彦	144ページ／本体2,000円+税
37.	初恋　染野太朗	160ページ／本体2,200円+税
38.	心臓の風化　藪内亮輔	176ページ／本体2,400円+税

以下続刊